ce livre appartient à

LOUISE

émilie

Pas question de dormir

D'après l'album *émilie n'a pas sommeil*

Ce soir, Émilie n'a pas sommeil.

Elle préfère jouer avec Arthur,

son hérisson.

C'est bien plus amusant !

Émilie a même très envie

de jouer à la marchande,

à la dînette et encore

à plein d'autres choses...

- C'est vrai, quoi ! On est bien mieux ici, à faire des cabrioles, que dans mon lit, pense Émilie.

Papa dit :

- Émilie, pour la deuxième fois, va te coucher.

- Mais je range mes jeux ! répond Émilie, très occupée à regarder un livre d'histoires.

- Ah ! Si papa m'oubliait,

ce serait super.

Comme ça, je n'irais pas dormir,

espère Émilie.

- Émilie, si je me lève,

tu seras punie,

dit Papa avec sa grosse voix.

Émilie monte dans sa chambre

sans se presser, comme

une petite tortue.

- Où est ma chemise de nuit ?

Zut... Rien sous la couette.

Rien par ici.

Bizarre !

Et rien par là.

Bizarre,

bizarre...

- Impossible de trouver

ma chemise de nuit.

C'est un mystère !

- Ça tombe bien,

puisque je n'ai pas sommeil.

Et comme ça, je peux faire

plein de choses.

D'abord, j'ai soif.

Un petit tour dans la salle
de bain pour remplir
mon gobelet d'eau.
Ouf! Ça fait du bien.

- Oh ! J'ai oublié de dire bonsoir à Stéphane. On y va, Arthur ?

Mais son frère est déjà couché.

N'importe quoi !

Émilie grimpe sur le lit
et chatouille Stéphane
en disant :
- Houhou ! Debout, paresseux !
Si on jouait tous les deux ?

-Va-t'en ! J'ai envie de dormir !

Stéphane est furieux.

- Ah ! Ce n'est pas drôle
d'avoir un frère comme ça.
Alors qu'est-ce que je vais faire ?
Émilie est toute déçue.

Mais Papa et Maman disent :

- Nous montons vous embrasser !

Déjà !?

Émilie n'est pas encore couchée.

Elle a peur de se faire gronder...

Vite, vite !

Émilie saute tout habillée

dans son lit...

et fait aussitôt semblant

de dormir...

- Oh ! Nous ne disons pas
bonsoir aux petites filles
qui n'ont pas mis
leur chemise de nuit,
grondent Papa et Maman.
Puis ils s'en vont...

Émilie pleure.
Elle se sent toute seule.

Alors, Émilie se déshabille enfin et enfile sa chemise de nuit.

Quelle chance !

Elle entend Papa et Maman

qui reviennent l'embrasser.

Émilie est très contente.

À ton tour !

Comme Émilie, as-tu déjà eu envie de jouer au lieu d'aller dormir ?

Qu'as-tu fais ?

Que s'est-il passé ?

As-tu déjà fait semblant de dormir ?

As-tu ronflé ?

T'es-tu caché(e) sous la couette ?

Es-tu resté(e) immobile comme une statue ?

As-tu eu une autre meilleure idée ?

Avant d'aller dormir, que préfères-tu ?

Jouer encore un peu

Faire un câlin

Qu'on te raconte une histoire

Titres disponibles

1. émilie Le ballon jaune
2. émilie Le papillon de l'école
3. émilie Les empreintes mystérieuses
4. émilie se maquille
5. émilie La tente de camping
6. émilie Les marionnettes
7. émilie Docteur Émilie et le bébé
8. émilie La course des escargots
9. émilie La mauvaise humeur d'Émilie
10. émilie Les robots
11. émilie La partie de foot
12. émilie Arthur a disparu
13. émilie La gomme volée
14. émilie Le dessin tout raté
15. émilie Le gâteau
16. émilie Pas question de dormir